Índice

CAPÍTULO UNO
La mejor excursión de la historia

Paisley Átomos dio de comer a su mangosta de la India color gris su alimento favorito: un montón de gusanos. Newton los devoraba.

Estaba despierta desde antes del amanecer. Aunque siempre le entusiasmaba ir a clases a la primaria Roarington, hoy Paisley estaba más que contenta. Hoy era la excursión anual de la clase de ciencias de la Sra. Matraz e irían al Zoológico Naricornio. ¡Era el mejor día del quinto grado!

Paisley estaba impaciente. Le resultaba tan difícil esperar que había estado bailando en su cuarto toda la mañana, como si tuviera hormigas en los pantalones. Por supuesto, si alguien hubiera tenido hormigas en los pantalones, ese

Estimados padres de familia y profesores:

La próxima científica de fama mundial Paisley Átomos y su mejor amigo, Ben Ariete, no temen causar revuelo en su búsqueda de descubrimientos. Usando el sótano de Paisley como laboratorio, constantemente los dos están inventando, explorando y, bueno, creando desastres. Paisley también tiene algunas cicatrices que atestiguan su trabajo. Las lleva como insignias de honor.

Estas aventuras electrizantes entretejen hechos fascinantes, citas de científicos famosos y explicaciones sobre diversos fenómenos dentro de ingeniosos diálogos, impulsando sigilosamente la comprensión de sus lectores sobre temas científicos. Desde las ondas de sonido hasta los dinosaurios, pasando por el lecho marino y la Luna, Paisley, Ben y sus amigos resultan compañeros perfectos para complementar el currículum de Ciencia, Tecnología, Ingeniería, Arte y Matemáticas (STEAM).

Cada libro ilustrado por capítulos incluye un experimento o actividad científica, la biografía de una mujer de la ciencia y bromas.

Además, cada libro incluye notas en línea para profesores y padres de familia con ideas para incorporar la historia en un plan escolar. Estas notas abarcan temas de discusión, información sobre el contexto, ideas para llevar a cabo en espacios de colaboración abierta, preguntas de comprensión y recursos en línea adicionales. Las notas están disponibles en: www. Rourkebooks.com.

Deseamos que disfruten de Paisley y sus amigos tanto como nosotros.

Feliz lectura,
Rourke Educational Media

Newton arrugó su negra nariz y trinó. Su trino sonaba como el de un ave bebé. La mamá de Paisley, quien era botánica, había rescatado a Newton durante uno de sus viajes de investigación a la India. Actualmente estaba en México, investigando el cosmos encarnado, una hermosa flor color tinto con olor a chocolate y que se pensaba estaba extinta en la naturaleza.

Pensar en chocolate hizo que el estómago de Paisley rugiera. Tomó su mochila y se la colgó en los hombros. Estiró el brazo para que Newton subiera hasta su hombro, su lugar favorito, y siguió el aroma de la comida de papá. Su papá era biólogo y profesor de medio tiempo en la universidad estatal, que quedaba a treinta minutos de Roarington, mejor conocido como Aburridongton, EE. UU. También era un cocinero fantástico, aunque muy, muy desordenado.

—¡Buenos días! —dijo su papá, mientras le daba la vuelta a un huevo frito en la sartén—. Hice chilaquiles.

Cuando mamá no estaba, ambos la extrañaban tanto que su papá se la pasaba preparando auténtica comida mexicana.

—Gracias, papá —Paisley devoró el desayuno casi tan rápido como Newton había devorado sus gusanos—. ¡Delicioso!

—¡Te deseo un día genial! Quiero que me lo cuentes todo.

Ben tocó la puerta principal. Paisley se despidió corriendo hacia afuera de la casa, sin darse cuenta de que Newton se había escurrido dentro de su aún abierta mochila.

—¿Lista? —preguntó Ben mientras se ajustaba las gafas.

—Lista.

Newton asomó la cabeza y rápidamente se metió de nuevo en la mochila. Nadie lo vio. Nadie se dio cuenta.

—¡En sus marcas, listos, fuera! —gritó Paisley y corrieron las dos cuadras que los separaban de la primaria Roarington. La Sra. Matraz ya estaba agrupando a los estudiantes para subir al autobús, llamándolos por sus apellidos y tachándolos en la lista.

—¿Sumi?

—Aquí —dijo Suki con una sonrisita.

—¿Suki?

—Aquí —dijo Sumi. Guiñó un ojo para Paisley. Sumi y Suki eran gemelas idénticas. Tenían el mismo cabello negro cortado hasta la barbilla, ojos negros traviesos y siempre se vestían exactamente igual, hasta en sus brazaletes de cuentas. Cambiaban de lugar cuando podían. Sólo Paisley podía distinguirlas.

Cuando todos estuvieron dentro del autobús, la Sra. Matraz los volvió a nombrar a todos.

—Siempre es mejor prevenir que lamentar —dijo.

—¡Yo preferiría lamentarme! —gritó Rosalinda desde atrás, mientras su silla de ruedas era cargada por el elevador. Le encantaba hacer bromas. Paisley ayudó al conductor del autobús a sujetar el cinturón especial de cuatro puntos alrededor de Rosalinda y su silla de ruedas.

—¿Qué le dijo el conductor del autobús a la rana? —preguntó Rosalinda—. ¡Sáltele que la aplasto!

—Ja, ja —dijo la Sra. Matraz. El autobús dio tumbos y salió del estacionamiento de la escuela. Los alumnos vitorearon—. Ahora recuerden, chicos, debemos apegarnos al sistema de amigos. Y necesitan terminar su búsqueda de especies amenazadas antes de que sea hora de regresar. Iré recogiendo sus trabajos conforme suban al autobús.

—¿Hay algún premio por terminar primero? —preguntó Whitney-Raelynn, arreglándose su ya perfecto cabello rubio.

—Gran idea, Whitney-Raelynn —dijo la Sra. Matraz—. El ganador del primer lugar podrá exentar el próximo examen corto.

—Fantabuloso. Supongo que esta noche no tendré que estudiar —dijo Whitney-Raelynn sonriendo.

Paisley puso los ojos en blanco. Whitney-Raelynn pensaba que era la mejor en todo y el problema era que sí. Además de tener el cabello perfectamente rubio y atuendos perfectamente a la moda, tenía una actitud perfectamente horrible de soportar.

—Eres demasiado lista, Whitney-Raelynn —suspiró Arjun—. Los demás no tenemos ninguna oportunidad contra ti. —Hacía un drama por cualquier cosa. Si la piña de un pino le llegara a caer en la cabeza, creería que el cielo se está cayendo.

—Habla por ti —dijo Paisley—. Ben y yo pretendemos ganar.

—Venga —dijo Whitney-Raelynn—. Me hará feliz usarlos de trapeador... de nuevo.

Paisley estaba a punto de responder algo inteligente, pero Ben le dio unos golpecitos en el brazo.

—Mira lo que traje. —Ben abrió la mochila en la que siempre cargaba su diario de campo. Sacó lo que parecía ser una pistola Nerf—. Es un rayo sintetizador celular. Escanea las propiedades de los seres vivos y sintetiza sus habilidades específicas.

—¡Fantástico! Entonces, ¿podrías escanear una araña y el rayo sintetizador sería capaz de disparar una telaraña?

—Ese es el plan —dijo Ben—. Sólo necesito el animal correcto para completar mis pruebas de campo.

Los estudiantes vitorearon cuando el autobús entró al estacionamiento del zoológico. ¡La mejor excursión del mundo estaba por comenzar!

CAPÍTULO DOS

Problemas en el paraíso

Los estudiantes se amontonaron en la entrada del Zoológico Naricornio. La Srta. Zelda Naricornio les entregó unos mapas. Aun parada sobre sus brillantes tacones morados, era la mujer más bajita que Paisley hubiera visto. Se veía cansada.

—Bienvenidos al Zoológico Naricornio, esta semana se cumplen cincuenta años desde que mi padre lo fundó. Nos hace muy felices que hoy estén aquí. De antemano, les pido me disculpen porque no podré guiarlos en persona, pues esta tarde tenemos nuestra celebración por los cincuenta años y una comida de recaudación de fondos en el Jardín Mariposa.

Tendremos a muchos invitados muy especiales, como el alcalde Greendale y su hija, Savannah.

Paisley le dio un codazo a Ben.

—Savannah Greendale va a la primaria Roarington. Está en sexto grado.

—Lo sé —susurró Ben.

—Savannah Greendale es una de mis mejores amigas —anunció Whitney-Raelynn. La Srta. Naricornio carraspeó.

—Por favor, no entren al Jardín Mariposa, ya que los proveedores de comida están montando. Pero el resto de nuestro adorable zoológico está a su disposición para que lo exploren... —De pronto, su voz se apagó y sus ojos se cubrieron de lágrimas—. Quizá sean el último grupo de niños que tengamos.

Paisley y Ben se vieron mutuamente. ¿A qué se refería? La primaria Roarington visitaba el Zoológico Naricornio cada año.

—¿Está usted bien? —preguntó la Sra. Matraz. La Srta. Naricornio resopló.

—Lo siento mucho, no quiero arruinarles este día tan especial. Es sólo que... estoy muy...

—Puede contarnos —dijo Paisley suavemente.

Una lágrima grande y gruesa resbaló por la mejilla de la Srta. Naricornio.

—Es que estoy muy preocupada. El zoológico carece por completo de fondos. Cada año recibimos menos donaciones. Por mucho tiempo, he intentado mantenernos a flote, pero los contadores y los abogados me informaron que ni siquiera tenemos fondos para alimentar a los animales. Sin dinero, lo tendremos que vender.

Los estudiantes dieron un grito ahogado.

—¿Venderlo a quién? ¿El zoológico seguirá abierto? —preguntó Paisley.

La Srta. Naricornio sacó un pañuelo de uno de los bolsillos de su vestido y se sonó la nariz.

—Eso es lo peor de todo: un desarrollador adinerado quiere comprar el zoológico. Planea vender los animales, demoler el zoológico y ¡construir condominios elegantes! ¡Es horrible!

—¿No podría vendérselo a otra persona? —preguntó Sumi. La Srta. Naricornio dijo que no con la cabeza.

—No hay más compradores. La junta directiva votará mañana para vender el zoológico. La recaudación de fondos de hoy es nuestra última esperanza. El zoológico necesita desesperadamente buena publicidad y donaciones generosas. Pero la cantidad de dinero que se necesita —resopló en su pañuelo— es... enorme.

Paisley dio a la Srta. Naricornio unas palmaditas en el brazo. No sabía qué más hacer. La Srta. se limpió la garganta y enderezó los hombros.

—Quiero, niños, que este día sea el mejor de su vida. Después de todo, el propósito principal del Zoológico Naricornio siempre ha sido compartir con las generaciones más jóvenes las maravillas y delicias del mundo animal. —Después de decir eso, el rostro de la Srta. Naricornio se contrajo y se retiró veloz hacia la tienda Zoouvenir del zoológico.

—¡Pobre de la Srta. Naricornio! —dijo Arjun.

—¡Pobres de los animales del zoológico! —dijo Paisley.

—¡Pobres de nosotras! —dijeron Sumi y Suki—. ¡Nos encanta visitar el zoológico!

—¡Pobre de mí! —dijo Whitney-Raelynn—. Planeaba festejar mi cumpleaños número once aquí en dos meses. ¿Ahora qué voy a hacer?

Paisley la vio con furia.

—Concentrémonos en problemas reales, ¿de acuerdo? Todos los animales deberán encontrar casa nueva. Y apuesto a que sus hábitats no serán ni remotamente tan agradables como los del Zoológico Naricornio. Además, ¿a dónde irán las familias a aprender sobre el reino animal?

—Estoy tan molesta que no puedo siquiera pensar en qué chiste decir —dijo Rosalinda.

—De acuerdo, chicos —dijo la Sra. Matraz aplaudiendo—. A pesar de que esas fueron noticias muy tristes, nos queda por delante un día de diversión. Se lo debemos a la Srta. Naricornio, a los animales y a nosotros mismos. ¿Vamos?

Los estudiantes escogieron a sus parejas y lentamente se dirigieron a distintos lugares. Paisley y Ben eran una pareja, por supuesto, y Suki y Sumi otra. Arjun se unió a Rosalinda.

—Rosalinda, ¿necesitas ayuda? —preguntó la Sra. Matraz—. Vamos a caminar mucho el día de hoy.

Rosalinda flexionó sus poderosos y musculosos brazos. Movió su silla en un círculo. Besó sus bíceps.

—Vas a necesitar boletos para ver este espectáculo.

—¡Te creo! ¡Muy bien, con cuidado todos! Nos veremos en el pabellón para el almuerzo.

Whitney-Raelynn se fue por su cuenta.

—No necesito una pareja —murmuró—. Voy a ganar la competencia yo sola.

Ben sacudió la cabeza al verla irse.

—Ahí va un problema.

—Tenemos problemas más grandes por los cuales preocuparnos —dijo Paisley—. ¿Hay algo que podamos hacer para salvar el zoológico?

—No veo cómo hacerlo —dijo Ben después de sacudir la cabeza.

—Podríamos comprar el zoológico —dijo Paisley.

—Demasiado costoso.

—Podríamos inventar una impresora para crear el dinero que el zoológico necesita.

—Demasiado ilegal.

—Podríamos transportar todos los animales a casa y convertirla en un zoológico.

—Demasiado imposible.

—Tenemos que pensar en algo —dijo Paisley suspirando—. La ciencia es un modo de pensamiento —dijo, citando al astrofísico Carl Sagan—. Simplemente tenemos que pensar con más fuerza. O hacer mejor ciencia. O algo.

Rosalinda se acercó a ellos.

—Arjun y yo iremos primero al Herpetario TSSS. Me encantan las serpientes. ¿Quieren venir?

—Cuenten con nosotros —dijo Ben.

—Excelente —dijo Rosalinda—. ¿Qué es tomarse una selfie con una cobra? ¡Una equivocatsssssión!

—Muy chissstosa —dijo Arjun—. Mira la tercera pista. Tiene que tratarse de alguna criatura viscosa, ¿cierto?

La leyeron juntos:

—«Esta minúscula criatura guarda su veneno en la piel. La selva, que es su hogar, está desapareciendo rápidamente. Es de color brillante. Vive en grupos y come saltamontes, hormigas y escarabajos».

CAPÍTULO TRES
¡Hay un zoológico ahí afuera!

—¡Crujiente! —dijo Rosalinda sonriendo—. ¿Quién quiere un sándwich de escarabajos?

Subieron por un camino sinuoso marcado por huellas de colores. El herpetario era un edificio de ladrillo sin ventanas. Dentro, estaba oscuro y fresco. Eran las únicas personas ahí, excepto por un conserje que lavaba las paredes de vidrio vestido de jeans y una camiseta del Zoológico Naricornio. Las paredes estaban cubiertas de paneles de vidrio, cada uno contenía varios reptiles, anfibios, tortugas y serpientes. En uno de ellos, una mamba verde bajaba serpenteando por la rama de un árbol. En otro, una lagartija espinosa azul se calentaba bajo una lámpara. Una serpiente de coral de franjas negras, rojas y amarillas se enroscaba sobre una piedra.

En otros paneles había ranas diminutas de colores brillantes. Paisley señaló a una rana color amarillo limón que colgaba de una hoja selvática.

—Hela aquí: Phyllobates terribilis, la rana dorada venenosa. Son tan mortales, que el veneno de una sola rana puede matar al menos a diez adultos.

—Imagina que el panel se rompiera por accidente —dijo Arjun—. ¡Esa pequeñita podría matarnos a todos!

—En teoría —dijo Paisley—. Pero no esa. Las ranas doradas venenosas criadas en cautiverio, alejadas de los insectos que son sus presas naturales, nunca desarrollan el veneno.

—Es hermosa —dijo Rosalinda. Anotó la respuesta en su hoja de exploración—. ¿Por qué las ranas son felices? ¡Porque dan saltos de felicidad!

Ben y Paisley se rieron.

—¿Qué piensan de esta pista? —preguntó Rosalinda—. «La más grande de su tipo, esta criatura se mueve sin pies. Vive en pantanos y arroyos en el Amazonas. Come cerdos salvajes, venados e incluso jaguares, ¡y se los come enteros!».

—¡Guácala! —dijo Arjun haciendo gestos.

Paisley señaló una enorme serpiente de cuerpo verde con oscuras manchas ovaladas. Su terrario era tan alto como el techo. «Eunectes murinus, la anaconda verde. Puede alcanzar los veintiocho pies de longitud y pesar más de quinientas libras. Constriñe o aprieta a su presa hasta matarla».

—No quisiera estar sola en la selva y encontrarme con una de esas —dijo Paisley. Tocó la antigua llave que colgaba de una cadena en su cuello. La llave había sido un regalo de su mamá. La llave contenía un cristal de energía que Paisley y Ben usaban para vivir grandes aventuras. Ni siquiera una llave con poderes especiales podría salvarlos de una serpiente como esa—. Las anacondas hembra se comen a veces a las macho.

—¡Es lo más interesante que he escuchado en todo el día! —dijo Rosalinda riendo.

—¿Por qué este panel está vacío? —preguntó Arjun—. ¿Y este? —Veía una fila de terrarios vacíos.

El conserje exprimió su trapo en un balde y se acercó.

—Es temporal. Nos llevamos algunas de las serpientes no venenosas al Jardín Mariposa para la comida de recaudación de fondos. Los invitados tendrán el privilegio de tomar a las serpientes en sus manos y tomarse fotos con ellas y cosas así. Supongo que hay gente a la que le gusta hacer eso.

—Menos mal, pensé que se habían escapado y que nos comerían en un instante —dijo Arjun, quien solía preocuparse de más.

—¿Cuál es la materia favorita de una serpiente? —preguntó Rosalinda al conserje—. ¡Hissssstoria!

—Buena broma —dijo el conserje riendo. Rosalinda le mostró su hoja.

—¿Podría indicarnos hacia dónde ir? La pista dice: «Sólo quedan pocas en Estados Unidos debido a la caza ilegal y a que su hábitat está desapareciendo. Vive en manglares y lagunas costeras. Una bestia feroz, llega a medir hasta quince pies de longitud y pesa dos mil libras».

—Seguro: vayan al otro lado del edificio —dijo el conserje.

Siguieron a Rosalinda por un largo pasillo serpenteante que los llevó hacia las puertas posteriores del herpetario. Todos cerraron los ojos ante la brillante luz del Sol. La exhibición de la Isla Caimán era una isla pequeña rodeada de agua turbia. Unos hocicos curtidos se asomaban por la superficie del estanque. Cinco o seis enormes cocodrilos se asoleaban. Estaban tan quietos que parecían estatuas.

—¿Cuál es la diferencia entre los caimanes y los cocodrilos? —preguntó Arjun.

—Los caimanes americanos no están amenazados —dijo Paisley—. Están por todas partes en Florida, de acuerdo con mi tía Mildred. El Crocodylus acutus, o cocodrilo americano, tiene un hocico más largo y delgado y dos dientes largos que puedes ver incluso cuando tiene el hocico cerrado.

—No hacen nada divertido —se quejó Rosalinda—. ¿Crees que si les arrojo una piedra se muevan?

—Yo no lo haría —dijo Paisley. Había un letrero grande y blanco en frente de la exhibición de los cocodrilos. Paisley lo leyó en voz alta—: «A quienes arrojen objetos a los cocodrilos se les pedirá que los recojan».

—Está bien —dijo Rosalinda riendo—. Ustedes ganan. ¿Cuál es la bebida favorita de un cocodrilo? ¡El agua de coco!

—Parece que se están riendo —dijo Arjun—. ¿Por qué tienen el hocico abierto de esa manera?

—Se están imaginando que te comen —dijo Ben.

—De hecho, los cocodrilos sudan a través de sus hocicos —dijo Paisley—. Pero también podrían estar pensando que eres su cena.

Arjun tembló y dijo:

—Estoy listo para ir a ver animales lindos y esponjosos. Basta de monstruos prehistóricos.

Paisley leyó con atención la hoja de exploración.

—¿A dónde vamos? ¿Alas del Mundo, el Hipoacuario, la Selva Gorila o Patas y Garras?

—Averigüemos la siguiente pista —dijo Ben—. «Esta ave neozelandesa es nocturna. Puede escalar árboles, tiene suaves plumas verdes y hay menos de doscientas en la naturaleza». ¿Alguna idea?

—Quizá yo tenga una —dijo Paisley—. Vamos a Alas del Mundo. Está justo al lado de la Selva Gorila.

Todos siguieron el camino.

—Siento raro mi estómago —le dijo Ben a Paisley en voz baja.

—Yo aún me siento mal por lo que la Srta. Naricornio nos contó —dijo Paisley—. Intento no pensar en ello.

—Es otra cosa —dijo Ben—. Mi cerebro me dice que me estoy olvidando de algo. Pero no sé de qué.

—La comida suele ayudar. Traje un poco.

Ben metió la mano en la mochila de Paisley mientras caminaba. Sacó un par de tentempiés de fruta.

—¿Qué más traes aquí? Sentí algo extraño.

Paisley se encogió de hombros.

—Es posible que no la haya limpiado desde el verano pasado.

—¡Guácala! —Ben se limpió la mano en los pantalones—. ¡Era algo peludo, Paisley! ¡A algo le está saliendo moho en tu mochila!

Paisley simplemente sonrió.

—Lo que quiera que sea, estoy segura de que podemos convertirlo en algún tipo de experimento.

Entraron a la Selva Gorila. Diferentes tipos de monos, simios y gorilas estaban separados en distintas áreas. Cada hábitat tenía un gimnasio de madera con plataformas en niveles y sogas para balancearse. Varios macacos Rhesus dormían en una plataforma. Uno estaba sentado en el césped junto al vidrio. Con sus peludas manos sostenía su cola, quitándose las pulgas y comiéndoselas. Un gran letrero blanco decía: «Cuidado.

No arroje nada a los monos. Podrían arrojar cosas de vuelta hacia usted».

—¿Qué podrían arrojar? —preguntó Ben.

—Lo que dice el letrero: «cosas». Como su popó —dijo Rosalinda y se rio.

—Eres muy madura —dijo Ben.

—¿Sabías que los monos comparten el noventa y ocho por ciento de su ADN con el de los humanos? —preguntó Paisley. Rosalinda resopló.

—¡No me extraña que aquel que se está comiendo la cola se parezca a ti, Arjun!

—¡Y tú no me habías dicho que tenías un hermano! —Arjun respondió.

—¡Touché! —Rosalinda golpeó ligeramente a Arjun en el hombro—. ¡Hace mucho calor! Necesito una paleta de hielo para poder seguir.

—Vi un puesto de paletas al lado del Jardín Mariposa —dijo Arjun—. Yo te llevo.

Rosalinda sonrió.

—Qué caballero. Chicos, nos vemos en la pajarera. ¡Hasta luego, macacos!

CAPÍTULO CUATRO

Encuentros extraterrestres

Alas del Mundo era un aviario gigante lleno de aves libres de colores y hermosos plumajes. Vieron guacamayos jacinto, tángaras rojinegras y loros arcoíris. Había jilgueros de color amarillo brillante, azulejos y azulillos multicolores de pecho rojo. Aves de todos los tamaños y colores revoloteaban, volaban, bajaban en picada y sobrevolaban justo por encima de la cabeza de Paisley. Se alineaban en los árboles, cantaban y trinaban.

Whitney-Raelynn estaba de pie en el centro del aviario, observando las aves.

—Ninguna de ellas se queda quieta lo suficiente para encontrar a la que es verde. ¿Y cómo podría saber si son suaves sus plumas?

Paisley sonrió y dijo:

—Tienes que saber hacia dónde mirar. —Ella ya había encontrado al kakapo; el adorable loro que no puede volar estaba quieto debajo de una palmera elefante. Los kakapos usan sus alas para balancearse al correr, en lugar de volar; escalan árboles con sus garras y picos. Y son absolutamente adorables.

Paisley señaló otro letrero blanco colgado sobre la puerta del aviario: «Las aves defecan cada quince minutos. ¿Hace cuánto que usted está parado aquí?».

Whitney-Raelynn chilló y se agachó, como si de alguna manera pudiera evitar ser cagada en un lugar lleno de aves volando. Apretó los ojos y miró furiosa a Paisley, intentando averiguar si estaba bromeando con ella o no.

—Nunca confíes en los Átomos, «inventan» todo.

Paisley ignoró el insulto favorito de Whitney-Raelynn.

—Como quieras. Hay un letrero justo sobre tu cabeza. Yo sólo te estoy ayudando.

—Podrías haberme engañado —reviró Whitney-Raelynn.

—No se necesita mucho para engañarte, ¿o sí?

La cara de Whitney-Raelynn se puso roja.

—Abres la boca y sólo escucho bla, bla, bla —dijo entre dientes, mientras la Sra. Matraz entraba al aviario.

—Los científicos dicen que el universo está hecho de neutrones, protones y electrones. Se olvidaron de mencionar a los tontones —reviró Paisley.

—¿No es esto maravilloso, señoritas? —preguntó la Sra. Matraz.

—Sí, señora —respondieron Paisley y Whitney-Raelynn con sus voces más dulces.

Cuando la Sra. Matraz se dio vuelta, Whitney-Raelynn puso los ojos en blanco.

Paisley hizo lo mismo.

—Vámonos antes de que se les caigan los ojos —dijo Ben.

Whitney-Raelynn fulminó con la mirada a Paisley y a Ben mientras salían del aviario. Cuando creyó que ya no la podían ver, Whitney-Raelynn agachó la cabeza y se arrastró por el aviario con su libreta de notas abierta sobre la cabeza.

—Valió totalmente la pena —dijo Paisley sonriendo.

—¿A dónde ahora? —preguntó Ben—. ¿Patas y Garras? Creo que la tercera pista podría hacer referencia a un leopardo de las nieves.

En ese instante, Arjun se acercó velozmente hacia ellos. Rosalinda estaba justo detrás de él.

—Hay algo... hay... él es... —dijo Arjun con la voz entrecortada. Sus ojos estaban muy abiertos y su voz temblaba.

—¡Con calma! —dijo Ben.

—Vi... vimos... era... ¡un extraterrestre!

—¡¡¿Qué?!! —Paisley y Ben gritaron juntos.

Arjun parecía aterrado. Daba enormes bocanadas de aire y no podía hablar. Paisley le colocó sus manos sobre los hombros.

—Inhala. Exhala. Eso es. Muy bien. Ahora dinos, ¿qué pasó?

—Vi a... un hombre. Pasó a nuestro lado. Vestía un abrigo desgastado y un chaleco con muchas bolsas, y su cabello era largo y desgreñado.

—Muy bien, sigue —dijo Ben.

—Mientras pasaba a nuestro lado, vi algo.

—¿Qué? ¿Qué viste?

Arjun cerró los ojos. Su cuerpo entero tembló.

—Su estómago se... movía. Como si se retorciera. ¡Como en la película de Alien! ¡Paisley, ese hombre tenía a un extraterrestre en la panza!

—No creo... —comenzó a decir Ben.

—¡El extraterrestre va a salir de su interior y nos va a comer!

Paisley y Ben voltearon a ver a Rosalinda. Estaba pálida.

—Yo también vi la panza de ese tipo.

—¡Nos vamos a morir! —gimió Arjun.

—¡Tranquilo! —dijo Paisley.

—¿Su panza se retorcía y vibraba? —preguntó Ben.

—¿Cómo lo sabes? —Arjun gimoteó.

—¡Eso es! — Ben se dio una palmada en la frente—. ¡Las serpientes! Es un error. ¡Hay un error con las serpientes!

—Espera... ¿qué? —Paisley miraba a Arjun y luego a Ben.

—¡Son las serpientes!

—¡Sigo sin entender! —dijo Paisley—. ¡Dime qué está pasando, ahora mismo!

—No entendemos nada —dijo Rosalinda—. Aunque te escuchamos bien.

Ben se quitó las gafas y frotó los ojos.

—Fue en el Herpetario TSSS. Me di cuenta de que algo no estaba bien, pero no sabía qué. El conserje dijo que las serpientes no venenosas habían sido llevadas a la comida de recaudación de fondos para que los invitados jugaran con ellas. Pasamos junto a las demás serpientes: una de coral, una boca de algodón, una víbora de la muerte, una mamba negra y una cobra. No vi con cuidado sus placas identificadoras porque ya sabía qué eran. Pero mi cerebro aún las veía. Sólo ahora pude hacer la conexión. Los habitáculos de las serpientes estaban identificados erróneamente.

—¿Cuál es el problema con eso? —preguntó Rosalinda.

—Déjame decirlo de una manera más clara: las placas no están equivocadas. Las serpientes que están dentro no son las que deberían estar.

—¿Qué? —dijo Paisley con la boca bien abierta.

—El terrario etiquetado como «mamba negra» contenía una inofensiva serpiente de agua. La que decía «víbora de cascabel» tenía una culebra rayada y la que decía «cobra real» contenía dos serpientes no venenosas de hocico de cerdo oriental.

Rosalinda se puso aún más pálida y dijo:

—Si las serpientes inofensivas siguen en el herpetario...

Paisley sintió un escalofrío en la columna.

—Entonces, ¿dónde están las mortales?

—Creo que ya conocemos la respuesta —dijo Ben suavemente.

—Lo siento, ¿pero esto qué tiene que ver con el tipo con el extraterrestre? —exigió Arjun.

—No era un extraterrestre —dijo Paisley—. El chaleco de ese tipo estaba lleno de serpientes.

Parecía que Arjun se desmayaría. Paisley lo ayudó a tomar asiento.

—No estoy entendiendo bien —dijo Rosalinda—. ¿Por qué se llevaría las serpientes? ¿Se las está robando?

Paisley sacudió la cabeza. Sentía como si se hubiera tragado una piedra.

—¡Colocó las serpientes venenosas en los tanques de la cena de aniversario! ¡Está tratando de sabotear la recaudación de fondos!

CAPÍTULO CINCO
Serpentología 101

—¡Tenemos que advertirles! —gritó Paisley.

—Lo haremos —dijo Ben—. Pero, mira: ¡ahí está!

De regreso por el sendero por donde habían entrado esa mañana, vieron a un hombre fornido en un abrigo gigantesco y raído entrando al Herpetario TSSS.

—¡Apuesto a que está recolectando más serpientes! —dijo Rosalinda.

—Tenemos que atraparlo —dijo Arjun—. Y asegurarnos de que no sea un extraterrestre.

—¿No le deberíamos decir a la Srta. Naricornio? —preguntó Rosalinda.

Ben y Paisley se voltearon a ver.

—Si hacemos eso, todos lo sabrán —dijo Ben—. Los invitados huirían asustados. La mala publicidad y falta de dinero harán que el zoológico cierre definitivamente. Si le decimos, los malos ganarían.

Paisley levantó un dedo y dijo:

—Si nosotros mismos capturamos al ladrón y lo detenemos en algún lugar hasta que la recaudación de fondos acabe... Y nos aseguramos de que nadie toque a las serpientes venenosas, y que los invitados no se den cuenta, entonces la recaudación podrá llevarse a cabo como estaba planeado. Fa-ci-li-to.

—Creo que me voy a enfermar —dijo Arjun. Ben asintió.

—Muy bien, cuenta conmigo. Sin embargo, necesitamos un plan. Tenemos que encontrar la forma de...

Paisley comenzó a caminar. No le daría al tipo malo ni un segundo más para escapar. Ben la tomó del brazo.

—¡Paisley! ¡Realmente necesitamos un plan esta vez! ¡Nada de improvisación!

—Ya tengo un plan. —Paisley señaló la mochila de Ben—. ¡El rayo sintetizador!

—¿Qué hay de la recaudación de fondos?

Paisley vio el reloj de Ben.

—La Srta. Naricornio dijo que la comida comenzaría al mediodía. Apenas son las 11:30 a.m. Podemos capturar a este tipo y alcanzar a llegar al Jardín Mariposa antes de que los invitados se acerquen a tocar a las serpientes.

Ben sacó el rayo sintetizador de su mochila y se lo entregó a Paisley.

—¿Qué rayos es esa cosa tan genial? —preguntó Rosalinda—. ¿Y dónde puedo conseguir una?

—Luego te decimos —dijo Ben.

—Bueno, ¿cómo podemos ayudar? —preguntó Rosalinda.

—Lleva a Arjun con la Sra. Matraz —dijo Paisley—. Se ve muy mal.

Como si se hubieran puesto de acuerdo, Arjun gimió. Su cara estaba de un verde preocupante. Rosalinda puso los ojos en blanco.

—Por fin me encuentro en medio de una verdadera aventura, y me toca ser la niñera.

—¡Gracias! —gritó Paisley por encima de sus hombros mientras corrían hacia el herpetario—. ¡Sé exactamente qué anfibio debemos sintetizar primero! —Sacó de su cuello la antigua llave y la colocó en el rayo sintetizador. Ben y ella cantaron—: ¡Alianza Científica!

—Aquí vamos —dijo Ben.

En silencio, entraron al edificio. El conserje seguía limpiando los habitáculos de vidrio. Le contaron todo.

—¡Suena demasiado extraño para ser un empleado del zoológico! —dijo el conserje.

—Necesitamos al sapo crucifijo —dijo Paisley. Levantó la tapa que lo contenía y observó con cuidado al pequeño sapo amarillo. Del tamaño de una moneda de veinticinco centavos, el sapo estaba lleno de manchas rojas, blancas y negras formando una cruz en su espalda—. Cuando los molestan exudan una sustancia lechosa y pegajosa color blanco que los protege de los depredadores. La sustancia es tan fuerte como un súper pegamento y se adhiere a lo que sea: metal, cartón, seco o húmedo, frío o caliente. Muy bien, ya copiamos y sintetizamos su ADN. Vamos.

Corrieron hacia la entrada del herpetario. Rodearon el edificio y pasaron al lado de la Isla Caimán justo cuando el ladrón aparecía por la salida.

Paisley apuntó con el rayo sintetizado y disparó un chorro atomizado de pegamento lechoso en el concreto que estaba frente al hombre.

—¿Qué creen que hacen? —gritó, pero cayó directo en el pegamento. Paisley retuvo la respiración antes de dar otro paso. ¿Funcionaría?

—¿Cuántas veces has probado el sintetizador? —susurró. Ben se encogió de hombros.

—Es la primera vez.

—¡¿Qué?!

El ladrón dio un paso más. El líquido blanco se adhirió a sus zapatos.

—¡Funciona, funciona, funciona! —Paisley cantó para sí misma. Temía respirar.

El ladrón intentó levantar el pie de nuevo, pero el súper potente pegamento había comenzado a solidificarse. Intentó moverse y perdió el equilibrio. Cayó de manos y rodillas al suelo. Intentó despegar las manos de nuevo, pero estaban muy pegadas.

—¿Qué está pasando?

Paisley le apuntó con el rayo, pero resistió el impulso de dispararle de nuevo, aunque habría sido divertido.

—¡Señor, está bajo arresto! —dijo y volteó a ver a Ben—. Necesitamos que alguien lo arreste.

En ese momento, las gemelas aparecieron en el herpetario.

—¿Qué sucede? —preguntó Sumi.

—¿Podrían buscar a algún guardia de seguridad para que arreste a este ladrón? —Paisley preguntó. Suki se frotó las manos y dijo:

—¡Claro que podemos!

El hombre veía a Suki y luego a Sumi, y luego de vuelta a ambas otra vez. Gruñó y sacudió la cabeza.

—¿Qué sucede? ¿Está viendo doble? —dijo Suki. Sumi y ella comenzaron a reír. Ben vio su reloj.

—¡Es casi mediodía!

Corrieron hacia el Jardín Mariposa, un hermoso jardín rodeado y cubierto de celosías altas y techo de pérgolas. El jardín tenía plantas y árboles que atraían mariposas de todas las formas y tamaños. Varias docenas de mesas estaban cubiertas de manteles blancos de lino. Una bandeja de frutas y galletas saladas cubría una mesa, y varios meseros vestidos de blanco atendían una fila de invitados. Las mesas con las serpientes estaban al otro extremo del área de comida. Algunos invitados ya estaban ahí, levantando las tapas de los tanques.

Paisley y Ben zigzaguearon entre las mesas, intentando no tropezar con nadie.

—¡Ei! —gritó alguien vestido de esmoquin detrás de ellos.

—¡Ahí está Savannah! —gritó Ben. Derraparon hasta detenerse justo cuando Savannah volteaba a verlos. Sostenía una enorme y mortal mamba negra.

Paisley sentía su corazón latiendo en la garganta. Se le congeló la sangre. ¡Habían llegado demasiado tarde!

—¡No te muevas! ¡Esa serpiente es venenosa!

Un grupo de mirones se acercó a ellos. Nadie hablaba o se movía. La sonrisa de Savannah se derritió en una mueca de terror.

La cabeza delgada y marrón de la serpiente se levantó, ¡con sus colmillos listos para atacar!

Paisley sintió que algo se sacudía y golpeaba en su espalda. ¡Su mochila se movía! Unas garras pequeñas se asieron a su hombro. De pronto, una mancha gris saltó por los aires, directo hacia Savannah. ¡Era Newton!

Savannah soltó la serpiente. La mamba negra se enrolló alrededor de ella y luego se dejó caer al suelo para atacar a Newton. La mangosta escapó fuera de su alcance. La multitud dio un grito ahogado.

—Qué extraña nutria —dijo alguien.

Newton se acercó velozmente. La serpiente siseó y atacó de nuevo. Newton se lanzó hacia atrás lo suficiente para esquivar los brillantes colmillos. La serpiente miró fijamente a la mangosta; su negra lengua se movía. Newton trotó en círculos alrededor de la serpiente, como si quisiera atacar.

Savannah parecía una estatua mientras lágrimas corrían por sus mejillas. La mamba negra serpenteó entre sus piernas, latigueando hacia la mangosta. Atacó de nuevo, moviéndose tan rápido que pareció que sus colmillos se habían hundido en el pelaje gris de Newton.

Paisley se encogió, apenas capaz de ver. ¿Qué haría si algo le pasaba a Newton, su valiente y maravillosa mascota? Aun cuando sabía que las mangostas eran inmunes a casi todos los venenos, tenía miedo. Durante un largo y horrible instante, no supo si había sido mordido.

Newton se agachó y se movió de arriba abajo. Parloteó enojado. ¡Estaba bien!

Se acercó y se alejó de nuevo. La serpiente atacó una y otra vez. Al final, la serpiente se meció, como si estuviera exhausta. Veloz como un rayo, Newton se lanzó a dar el golpe definitivo. Con un rápido movimiento, se lanzó y mordió la parte posterior de la cabeza de la serpiente. El cuerpo de la serpiente se agitó como soga en un rodeo. Se retorció y luego se quedó quieta.

Paisley soltó el cuerpo, aliviada. La multitud vitoreó. El alcalde Greendale corrió a abrazar a Savannah.

Newton trinó y chilló. Escaló por los pantalones y camisa de Paisley hasta hacerse un ovillo en sus brazos. Ella le acarició su pequeña cabeza.

—Te amo, te amo, te amo —le susurró al oído.

—¡Qué comadreja más valiente! —dijo el alcalde. Paisley rio.

—Newton es una mangosta meloncillo gris. Las mangostas son conocidas por ser feroces combatientes de serpientes. Mi mangosta también es muy curiosa. Debe haberse metido en mi mochila esta mañana. ¡Ni siquiera sabía que estaba ahí!

—Cuando toqué su pelaje, pensé que era una naranja podrida —dijo Ben.

Justo en ese momento, hubo conmoción detrás de ellos. Dos guardias de seguridad arrastraban al ladrón. Estaba cubierto de pies a cabeza en un líquido blanco y pegajoso. Rosalinda, Arjun, Sumi y Suki los seguían, con enormes y divertidas sonrisas en la cara.

—Srta. Naricornio —dijo uno de los guardias de seguridad—. Este es el hombre responsable de intentar dañar a sus invitados.

La Srta. Naricornio se acercó furiosa. Sacudió el dedo delante de la cara del hombre. A pesar de ser apenas un poco más alta que Paisley, se veía amenazante como una guerrera.

—¡Debería darte vergüenza! Casi muere una niña por lo que hiciste. ¿Qué tienes que decir al respecto?

—¡No fui yo! —gimoteó.

El guardia de seguridad abrió el chaleco del hombre. Una docena de bolsillos interiores contenían a varias serpientes siseantes retorciéndose. La multitud dio un grito ahogado.

—Está bien, lo admito, ¡fui yo! —tartamudeó—. Lo siento mucho, señorita. Mi nombre es Ralph Walton. Arnold Walton, el constructor, es mi hermano. Me dijo que si saboteaba la recaudación de fondos, me daría una parte de los ingresos de la venta de los condominios. Lo siento de verdad.

La Srta. Naricornio resopló y agitó la mano.

—Lo sientes porque te atraparon, más bien. Llévenselo. La policía se hará cargo ahora. —La Srta. Naricornio volteó a ver a Paisley y a Ben—. Muchísimas gracias.

—¡Por supuesto! —retumbó el alcalde Greendale—. Paisley Átomos, tú, tus amigos y tu ardilla excepcionalmente grande evitaron una catástrofe. Además, salvaron a mi hija. ¿Cómo podemos agradecerles?

—Puede agradecer a la Srta. Naricornio y al zoológico —dijo Paisley—. Este zoológico me encanta desde pequeña. Todos los años, la primaria Roarington y otras tantas

escuelas muestran a los estudiantes la belleza y maravillas de la naturaleza. Algunos de nosotros quizá crezcamos y nos convirtamos en zoólogos, biólogos, biólogos marinos o ecologistas. Tenemos que cuidar la naturaleza para nosotros y para las próximas generaciones. Luchamos por lo que amamos, y zoológicos como este nos inspiran para apreciar a los animales, incluyendo las especies amenazadas.

El alcalde Greendale aplaudió. Savannah aplaudió. Luego, la Srta. Naricornio y Ben se les unieron y pronto también la multitud estaba aplaudiendo.

Paisley se sonrojó.

—Qué discurso más maravilloso, de parte de una incipiente bióloga en formación —dijo el alcalde Greendale—. ¡Yo no lo podría haber dicho mejor! Por mi parte, haré al zoológico la donación más grande que pueda. Espero que mis amigos hagan lo mismo.

La mayoría de los huéspedes asintió. Muchos sacaron sus chequeras de bolsas y bolsillos. La Srta. Naricornio resplandecía de felicidad.

—¿Qué hay de la exploración? —se quejó Whitney-Raelynn, sacudiendo su hoja en el aire—. ¡Fui la primera en terminar!

Pero nadie le puso atención.

El alcalde Greendale daba palmaditas a Paisley y a Ben en los hombros.

—Arreglamos una mesa de honor para nuestros héroes estudiantes. Por favor, siéntense con nosotros a compartir una comida deliciosa. Su profesora, sus compañeros... ¡todos están invitados!

Newton se sentó en los brazos de Paisley y parloteó.

—También hay lugar para tu comadreja, ejem, nutria, es decir...

—Puede llamarlo Newton.

Fue un lindo final para un maravilloso día en el zoológico. Ben se sirvió tres platos de lasaña. Newton comió nueces, frutas y huevos hasta que su redondeada panza parecía que iba a explotar. Al final de la comida, la Srta. Naricornio anunció que la recaudación de fondos había sido un rotundo éxito. El zoológico tenía suficiente dinero para pagar todas sus deudas, y un poco más.

—¡A eso le llamo una excursión! —dijo Paisley.

Newton trinó en alegre acuerdo.

¡Alianza Científica!: Usa pegamento para hacer mocos

No podemos producir pegamento como el sapo crucifijo, ¡pero podemos usar pegamento común para hacer unos mocos geniales! Puedes cambiar la cantidad de ingredientes para hacerlo más viscoso o más firme, como masilla.

Materiales:
* Una botella de 8 onzas (237 ml) de pegamento Elmer's
* Bórax (jabón en polvo)
* Tazón para mezclar
* Taza de plástico
* Cuchara
* Taza medidora
* Colorante para comida
* Media taza (120 ml) de agua tibia

Paso 1

Vacía la botella de pegamento en el tazón.

Llena la botella de pegamento vacía con agua tibia,

coloca la tapa y agítala. Coloca la mezcla en el tazón e incorpora.

Paso 2

Agrega colorante (¡una o dos gotas!).

Paso 3

Vierte agua tibia en la taza de plástico. Agrega una cucharadita de bórax en polvo en el agua y mezcla.

Paso 4

Mientras mezclas el pegamento en el tazón, agrega lentamente un poco de la solución de bórax. ¡Ahora, usa las manos para mezclar! No dejes de mezclar mientras agregas lentamente la solución de bórax. ¡Detente en cuanto sientas que tienes el moco perfecto! ¡O la baba! ¡O la masilla!

Mujeres en la ciencia

Es siempre interesante observar a los gorilas. Como hacía la zoóloga Dian Fossey, quien pasó varias décadas estudiando a los gorilas amenazados, entre las décadas de 1960 y 1980 en los bosques montañosos de Ruanda. Era la principal autoridad mundial en el comportamiento y la fisiología de los gorilas de montaña. Dian escribió sobre sus experiencias en el libro *Gorilas en la niebla*.

Dian Fossey (1932–1985)

Preguntas y respuestas con la autora

P: ¿Cuándo decidiste incluir a la mangosta Newton en *Este lugar es un zoológico*?

R: Esta es la historia en la que a Newton le tocaba brillar. Desde el principio supe que quería que él fuera la superestrella. Así es que escribí toda la historia alrededor de Newton matando a la serpiente para salvar a la hija del alcalde, que es lo que las mangostas hacen mejor, por supuesto.

P: ¿Cuál es tu parte favorita de *Este lugar es un zoológico*?

R: Bueno, Newton, por supuesto. Pero también me encantó que Arjun estuviera muerto de miedo por el «extraterrestre» retorciéndose en la panza del ladrón.

P: ¿Algunas veces es difícil pensar *en* ideas para la trama?

R: ¡Por supuesto! Pero intento colocarme en los zapatos del personaje. Entonces pienso: «¿Qué haría Paisley en esta situación?». Y cuando ella hace algo, eso hace avanzar la trama. A veces, los personajes y yo encontramos las soluciones juntos.

¡Ciencia divertida!

¿Qué le dio la serpiente a su marido?

Un besssito de buenas noches.

¿Cuál es la bebida favorita de un cocodrilo?

¡El agua de coco!

¿Con qué tipo de llave se puede abrir una banana?

Con una llave monita.

Acerca de la autora

Kyla Steinkraus vive con su marido, dos hijos y dos gatos mimados en Atlanta, Georgia. Le encanta ir al zoológico con su familia, aunque suele evitar a las serpientes. En sus ratos libres le gusta leer, la fotografía, dar paseos y caminatas, viajar y jugar juegos con su familia.

Acerca del ilustrador

La pasión de Alan Brown por los cómics, los dibujos animados y el dibujo lo han llevado a seguir su sueño de convertirse en artista. Su carrera como artista y diseñador independiente le han permitido trabajar en un amplio rango de proyectos, desde ilustraciones para revistas y diseño de juegos hasta libros para niños. Ha tenido la fortuna de trabajar en cómics como *Ben 10* y *Bravest Warriors*. Alan vive en Newcastle con su esposa, hijos y un perro.